LETTRES

DE

M. LE DUC DE BRANCAS,

PAIR DE FRANCE.

LETTRES

DE

M. LE DUC DE BRANCAS,

PAIR DE FRANCE,

A L'OCCASION

DE LA CIRCULAIRE ADRESSÉE, LE 7 OCTOBRE 1817,

AUX PAIRS,

PAR M. LE COMTE DE SÉMONVILLE,

LEUR GRAND-RÉFÉRENDAIRE.

A PARIS,

CHEZ PILLET, IMPRIMEUR-LIBRAIRE,

ÉDITEUR DE LA COLLECTION DES MŒURS FRANÇAISES,

RUE CHRISTINE, N° 5.

1817.

LETTRES

DE

M. LE DUC DE BRANCAS,

PAIR DE FRANCE.

A M. LE DUC DE BRANCAS,

PAIR DE FRANCE.

—

Monsieur le duc , plusieurs référendaires près la commission du sceau des titres, s'étant adressés à moi, pour obtenir les renseignemens nécessaires à l'expédition des lettres-patentes qui déjà ont été demandées par différens pairs , en vertu de l'ordonnance du Roi, du 31 août dernier, j'ai pensé qu'il importait à la prompte et régulière expédition de ces lettres, que les renseignemens dont il s'agit fussent donnés par chaque pair d'une manière uniforme et complète; et comme, dans les notes conservées aux archives de la Chambre, je n'ai pas trouvé de quoi remplir entièrement cet objet, je me suis déterminé à faire imprimer un modèle de déclaration que j'ai l'honneur de vous adresser, en vous priant de vouloir bien me le renvoyer, après l'avoir rempli et signé, dans le cas où vous désireriez poursuivre immédiatement l'obtention de vos lettres-patentes.

Recevez, Monsieur le duc, l'expression de ma haute considération.

Le grand-référendaire de la Chambre des pairs,

Signé SÉMONVILLE.

LE DUC DE BRANCAS

A M. LE COMTE DE SÉMONVILLE,

GRAND-RÉFÉRENDAIRE DE LA CHAMBRE DES PAIRS.

—

Le 8 octobre 1817.

MONSIEUR le comte, j'ai l'honneur de vous renvoyer la formule de la déclaration à remplir et à signer par MM. les pairs, pour l'expédition des lettres-patentes de leurs pairies, telle que vous m'avez fait celui de me l'adresser, le 7 de ce mois.

Que plusieurs pairs, ainsi que vous voulez bien m'en informer, aient déjà demandé l'expédition de leurs lettres-patentes, quoiqu'ils n'en aient pas besoin, puisqu'ils jouissent de la plénitude des droits dont les anciens pairs n'obtenaient l'exercice, qu'après l'enregistrement des leurs, je le comprends; mais, ce qui me paraît sans inconvénient, pour les pairs qui ont siégé dans leur chambre, avant d'avoir des lettres-patentes, n'en aurait-il pas un très-grand pour ceux dont les parens en ont obtenu ? En demander de nouvelles, n'annoncerait-il pas qu'elles sont meilleures que les anciennes , et qu'on y renonce ? Ne serait-ce pas attaquer les principes de la légitimité héréditaire, qui les ont déposées dans les archives du tems ? Je le crois, Monsieur le comte, et m'en tiens à celles que les services de mes pères et la reconnaissance royale ont placées sous une époque de l'histoire.

A M. LE DUC D'UZÈS.

—

Le 9 octobre 1817.

Voici, Monsieur le duc, ma réponse à la circulaire que notre grand-référendaire, M. le comte de Sémonville, vient d'écrire aux pairs. J'ai l'honneur de vous l'adresser, en qualité de notre ancien, et je pense que vous la communiquerez à ceux des pairs qui sont dans le même cas que nous, si vous trouvez comme moi que, d'après les principes de la légitimité et de l'hérédité, j'ai dû refuser de nouvelles lettres-patentes de pairie. Que ceux qui n'en ont point, en prennent, quoi qu'ils n'en aient pas besoin, puisqu'ils jouissent déjà de tous leurs droits, à la bonne heure ; mais, s'ils font bien d'en demander de nouvelles, ne ferons-nous pas encore mieux de garder les anciennes ?

A M. LE DUC DE LA VAUGUYON.

—

Voici, Monsieur le duc, la copie de la lettre que j'écris à M. le comte de Sémonville, et dont j'ai fait part à notre ancien, M. le duc d'Uzès.

L'ordonnance du 31 août dernier, est purement fiscale pour nous; mais en nous conformant à sa fiscalité, nous n'en aurions pas moins l'air de prétendre perfectionner la révolution. Je la trouve déjà parfaite. Aussi, en refusant de nouvelles lettres-patentes, ai-je cru défendre autant les principes de la raison, que ceux de la Charte.

J'ai bien envie, Monsieur le duc, que vous pensiez comme moi. Mandez-moi si je puis m'en flatter; car je ne puis aller vous le demander : je n'ai plus de jambes. Interrogerai-je M. de Sémonville sur ce qui me reste? Qu'en pensez-vous?

~~~~~~

A M. DE REBOURGUIL.

—

<div style="text-align: right">Le 10 octobre 1817.</div>

Mon vieil ami, je vous envoie, ce matin, ce que j'aurais pu vous confier, hier au soir, si, comme de coutume, vous étiez venu vous chauffer à mes tisons. C'est ma réponse à la circulaire que le grand-référendaire des pairs leur adresse et la part que j'en donne à notre ancien, M. le duc d'Uzès et à M. le duc de la Vauguyon, avec lequel j'ai conservé plus de liaisons, que de rapports.

Quand vous aurez su ce que M. de Sémonville me propose, relativement à *l'expédition* des lettres-patentes d'érection de pairie, vous ne serez pas surpris que j'aie pris la plume, pour lui mander qu'en ma qualité d'*expédié* depuis long-tems, je n'entendais rien ni à l'expédition, ni à l'érection dont il me parlait. Mais, réflexion faite, j'ai cru devoir prendre le parti de ne pas en rire, et de lui mander fort gravement
~~~~~~

que je refusais les lettres qu'il m'offrait, et m'en tenais à celles dont j'avais légitimement hérité. Ce refus, me paraissant dicté par la lettre et l'esprit de la Charte, j'ai fait part aux pairs des motifs qui m'avaient déterminé, puisqu'ils doivent nous être communs.

Cette affaire étant d'un intérêt constitutionnel, deviendra nécessairement publique; ainsi, mon vieil ami, vous pouvez lire mes lettres à votre club des vieillards royalistes.

Si, malgré les raisons du refus qu'elles contiennent, quelques-uns de vos sages vieillards pensaient qu'il eût été plus sage, ou plus royal, de laisser tomber tout cela dans l'eau, je vous prie de leur faire observer que je n'y eusse pas manqué, si j'avais été dans la rivière; mais que j'ai reçu le paquet de M. de Sémonville, dans mon fauteuil, au coin de mon feu; et qu'ainsi, au lieu de pouvoir le jeter à l'eau, il a bien fallu le ramasser à terre, où il était tombé, et répondre *oui* ou *non* à M. de Sémonville, quoiqu'il n'en laissât pas trop le choix.

Je vous embrasse, mon vieil ami; car ma barbe est faite.

A M. LE CHANCELIER.

—

Le 17 octobre 1817.

J'AI l'honneur de mettre sous vos yeux, M. le Chancelier, la copie des lettres que j'ai écrites à M. le duc d'Uzès et de la Vauguyon, en leur faisant part, ainsi qu'aux anciens pairs de France, de ma réponse à la circulaire que M. le comte de Sémonville leur adressait, en leur proposant de nouvelles lettres-patentes.

Les motifs de mon refus étant fondés sur le principe de la légitimité héréditaire, je puis penser, ce me semble, qu'en votre qualité de président des pairs, vous leur ferez observer que ce principe réunit ce qu'il paraît séparer ; car il s'en suit que les pairs, crées depuis la restauration, peuvent prendre le titre de leurs droits, quoiqu'ils en jouissent, et que les pairs qui ont hérité des titres et des droits que les ancêtres du Roi ont accordés aux leurs, n'en doivent point prendre, parce qu'ils ne le sauraient, sans attaquer, non-seulement le principe de la légitimité héréditaire, mais le droit dans la personne du Roi, de créer pairs ceux qui ne l'étaient pas. En effet, il est impossible qu'il donne le pouvoir de créer ceux qui l'étaient héréditairement. Si pourtant quelques pairs l'avaient oublié, ne m'est-il pas permis de penser que vous croirez utile de le leur rappeler?

J'ai l'honneur d'être, avec respect, etc. etc.

~~~~~~

A M. LE GARDE-DES-SCEAUX.

—

Le 22 octobre 1817.

Je suis si vieux, qu'étant sorti du monde quand vous y êtes entré, nous n'avons pu nous y rencontrer. Aussi comptais-je bien peu avoir besoin d'y reparaître pour vous y trouver, lorsque la proposition de M. de Sémonville, en sa qualité de grand-référendaire des pairs, et en vertu d'une ordonnance du 31 août dernier, m'en a imposé la nécessité. Il a bien fallu lui faire réponse, la communiquer à M. le duc d'Uzès, notre ancien, en faire part à M. le duc de la Vauguyon, avec lequel j'ai conservé plus de liaisons que de rapports, et déférer enfin à M. le Chancelier, président de notre chambre, les motifs de mon refus de nouvelles lettres-patentes, en lui donnant la copie des lettres que j'avais écrites à cette occasion, puisque ces motifs s'y trouvaient disséminés.

Pendant que tout ceci se passait, M. le duc
~~~~~~

de Choiseul m'informait qu'il s'était empressé d'accepter les lettres-patentes que M. de Sémonville nous offrait, et qu'il avait trouvé les motifs de son acceptaton dans ceux de mon refus.

M. le duc de la Vauguyon qui avait mieux aimé m'honorer d'une visite, que d'une réponse écrite, avait déjà eu la bonté de me faire entrevoir qu'il destinait à MM. les ducs de Choiseul et de Liancourt, des rôles dans la parodie qu'il comptait faire de ma lettre à M. de Sémonville.

Voulant alors entrer en conversation avec vous, M. le Garde-des-sceaux, j'avais pris le parti de m'annoncer à vous, sous les auspices de votre grand-père, *Etienne Pasquier*; de vous assurer que sa doctrine avait guidé ma jeunesse, et me donnait quelques droits de vous parler de la monarchie française, sur laquelle il a fait tant de *recherches*. Mais à peine préparé à me vanter à vous des leçons qu'il m'a données, j'appris, d'une manière certaine, qu'un seigneur de la cour, ayant parlé à M. de Sémonville de la lettre qu'il avait reçue de moi, et demandé comment tout cela finirait : *finira !* reprit-il, *c'est tout fini. M. de Brancas ne sera pas forcé de prendre*

de nouvelles lettres-patentes ; mais son héri-
tier ne siégera qu'après en avoir pris.

Ainsi donc, M. le Garde-des-sceaux, les droits de l'hérédité respectés en ma personne, seront violés dans celle de mon héritier ; et voilà comme on accommode les droits héréditaires ! Cela me paraît tout rouge de 93, et avoir déjà le sceau du décret de l'abolition de la royauté. Mais, je suis malade, et mes quatre-vingt-cinq ans m'ôtaient déjà la force de vous parler des nuances, des formes que prennent les idées révolutionnaires, pour aider le tems à les faire entrer dans les têtes, suivant l'occasion et les circonstances. Tout aimable et bon royaliste que soit M. de Sémonville, mon ancien ami, voilà qu'il annonce pourtant la mesure la plus révolutionnaire, et tient le langage du plus furieux anarchiste ; et que le royaliste auquel il parlait, loin de l'écouter avec épouvante, était tenté d'avouer que ce qui lui était annoncé, était un expédient.

Il n'est pas question, M. le Garde-des-sceaux, de revenir à l'ancien régime ; mais, tout est perdu, si l'on renonce aux lois sociales, ou qu'en leur portant une atteinte mortelle, on ne s'en doute seulement pas ;

Ces lois sont tellement antérieures aux lois constitutionnelles, qu'elles deviennent la base des constitutions que les hommes peuvent se donner, parce qu'elles ne consistent que dans la division du pouvoir national dont les élémens existent déjà, parce qu'il ne s'agit plus que de les étendre ou de les concentrer plus ou moins. Mais les hommes ne sauraient se donner aucune loi primitive, parce qu'elles sortent toutes de la nature des choses qui précèdent les institutions humaines : et que si les premières idées du *tien* et du *mien* ont préparé, dans l'état social, les lois de la propriété, il n'était pas moins nécessaire que le plus indispensable besoin des hommes en société, celui de la production, accomplît le plus doux des vœux de la nature, en liant les lois du mariage et celles de l'hérédité, à celles de la production générale. Avant que leur chaine embrassât tous les intérêts de la société, les travaux de la production étaient suspendus, arrêtés par des contestations, des disputes, des guerres intestines ; et l'interruption des travaux productifs est un homicide.

Les lois qui assurent l'hérédité sont donc les secondes lois sociales, parce que celles qui assurent la propriété sont les premières, et ces lois sont antérieures aux lois constitutionnelles, parce qu'elles servent de base à une constitution quelconque.

Encore un coup, M. le Garde-des-sceaux, je suis très-malade, et vous le voyez bien : car vous recevez mes derniers soupirs. Mais, quand le Roi apprendra ma mort, j'espère que vous aurez contribué, en lui parlant de tout ceci, à lui faire penser qu'il a perdu un de ses plus fidèles sujets.

J'ai l'honneur d'être, avec une haute considération, etc.

A M. LE MARÉCHAL MACDONALD,

DUC ET PAIR DE FRANCE.

———

Le 8 octobre 1817.

J'ai l'honneur de vous adresser, Monsieur le duc, les lettres que j'ai écrites à l'occasion des nouvelles lettres-patentes de pairie, que notre grand-référendaire me proposait. Vous êtes absolument des nôtres. Vous nous êtes arrivé de tant de côtés, que vous n'aviez pas besoin d'en réunir autant. Nos pères furent soldats ; nous le fûmes, nos enfans le sont. La gloire doit recruter les guerriers qu'elle moissonne. Quoique j'aie peu fait la guerre , parce que nos généraux ne se ressouvenaient pas assez de celle des Turenne et des Luxembourg, vous croirez que je ne me suis pas trop égaré dans le monde, en me voyant sur la brèche où mon refus de nouvelles lettres-patentes m'a porté. Mais, si la fatigue de mes quatre-vingt-cinq ans, et ma confiance dans la sorcellerie de M. de Sémonville, m'avaient

tenté de recourir à ses enchantemens, j'ai
résisté au désir de ressusciter. J'ai craint d'é-
prouver le sort du frère d'Eson, et préféré de
rester, dans la caducité, à bouillir dans la mar-
mite de notre grand-référendaire, dans l'es-
pérance d'en sortir en gambadant.

Vous verrez dans mes lettres que les pairs
de la restauration n'ont pas plus besoin de
prendre de nouvelles lettres-patentes, que ceux
de la primitive institution, parce qu'ils jouissent de tous leurs droits, depuis l'époque de
l'acte de leur nomination, ainsi que le cons-
tate le procès-verbal de la Chambre des pairs.

Indépendamment des lettres que j'ai l'honneur de vous envoyer, j'en ai écrit deux au-
tres que j'ai montrées à peu de gens et données à personne. Je souhaite que vous me les
demandiez, et comme je serai charmé de vous
consulter sur elles, je vais vous en parler.

L'une est adressée à M. le Chancelier, en sa
qualité de notre président ; l'autre à M. Pasquier, en sa qualité de garde-des-sceaux. En
réponse à mes lettres, M. le garde-des-sceaux
m'a annoncé son incompétence, quoique j'im-
plorasse sa compétence, d'après les principes
des droits de son visa, et d'après le fameux
exemple donné par Louis XIV, faisant céder

sa volonté à la conscience du garde-des-sceaux, M. Voisin, qui refusait de viser les lettres de grâce que ce monarque voulait accorder.

Quant à M. le Chancelier, il ne m'a point parlé de son incompétence, mais de son incapacité. N'importe de quel genre elle pouvait être, puisque je pense que vous la croirez complète, quand vous verrez qu'il me dit *que nos anciennes lettres-patentes nous donnaient l'exercice de nos droits, dans le parlement de Paris, et que la révolution, ayant détruit le parlement de Paris, la pairie actuelle est une institution toute nouvelle.*

Je croirai avoir pertinemment répondu à l'imputation du premier chef, en disant que les principes, d'accord avec les faits, prouvent que les pairs tenaient leurs cours partout où le Roi les appelait pour les présider, et que l'exemple moderne de la majorité de Charles IX, déclarée au parlement de Rouen et non pas à celui de Paris, confirme l'accord des principes et des faits.

Lorsqu'en matière de justice distributive, les pairs eurent besoin de l'avis des *jurisprudens*, ils les appelèrent et leur abandonnèrent les fonctions de la justice, sans toutefois y renoncer ; mais ils se réservèrent toujours les matières d'état. Cela est si vrai, que , jusqu'à la révolution , le parlement de Paris , en sa qualité de Cour des pairs , n'a jamais prévu avoir à délibérer sur une affaire générale, qu'au préalable il n'eût arrêté *que les princes du sang et les pairs seraient invités à prendre leur séance au parlement*, et qu'ensuite il n'eût annoncé que , *la cour, suffisamment garnie de princes du sang et de pairs de France* (la partie publique entendue ou bien la dénonciation faite en parlement, prise en considération), *la cour arrêtait telle ou telle chose.* Et ce n'est aussi qu'en cas d'absence des princes du sang et des pairs de France, légalement invités , que le parlement passait outre , parce qu'il était impossible de rester où l'on était, et que la Cour , devant être complète , était censée l'être.

Sur le second chef, c'est-à-dire l'affirmation que la révolution a renversé pour toujours les anciennes institutions ; je dirai que si M. le Chancelier s'était ressouvenu de cette maxime universelle du droit : *une loi abroge nécessairement celle qui lui serait contraire*, il en aurait conclu à plus forte raison, qu'une révolution change nécessairement l'ordre établi avant elle, soit quelle rappelle celui que la précédente révolution avait détruit , soit qu'elle crée celui qui n'avait pas encore existé.

Après être convenu que *la Charte constitutionnelle elle-même autorise à reprendre nos titres et leurs fonctions, sans autre formalité,* M. le Chancelier observe que *ce titre, reconnu très-formellement par la Charte, suffirait pour reprendre la séance à l'ancien parlement de Paris, si la révolution n'avait pas anéanti pour toujours ces antiques institutions.* D'où il conclut que *la pairie actuelle n'a que le nom de commun avec l'ancienne ; que c'est une institution nouvelle, et que c'est véritablement le choix du Roi qui donne aujourd'hui le droit, aux pairs qu'il a créés, de siéger dans leur Chambre. Vous avez donc,* ajoute-t-il, *un titre ancien qui n'a plus besoin d'être confirmé, et un droit nouveau qu'il peut être utile de conserver par des lettres-patentes en forme. Mais, il ne m'appartient pas de décider jusqu'à quel point la dernière ordonnance du Roi peut obliger MM. les pairs à se soumettre à cette formalité, puisqu'elle n'est pas encore impérativement prescrite.*

Puisqu'elle n'est pas impérativement prescrite, j'aurai l'honneur, Monsieur le maréchal, de vous soumettre les observations sui-

vantes sur la doctrine de M. le Chancelier,
dont je vous ai fait part , et au lieu de m'é-
tendre sur les détails qu'elle mérite pourtant,
je concentrerai mes observations sous deux
chefs.

S'il est incontestable que la restauration
est une révolution, il n'est pas moins certain
que le nom qu'elle porte et que la date que
le Roi a donnée à son règne ne laissent aucun
doute sur le genre de révolution qui l'a fait
remonter sur le trône de ses ancêtres. Si l'on
disait que cette date est démentie par le fait,
je répondrais que le droit et le fait , soit en
guerre , soit en paix, sont indépendans l'un
de l'autre. Le droit est un être moral , et un
fait quelconque est une réalité. Un géomètre
dirait qu'ils sont incommensurables.

Le Roi, rappelé par les Français, nous a
trouvés et convoqués à lui, tels qu'il nous avait
laissés. Ces faits sont constatés par nos lettres
de convocation, à l'ouverture de la séance
royale, dans laquelle le Roi a su établir l'é-
quilibre des pouvoirs que la suite des guerres
empêcha les Etats-Généraux de trouver.

Recevez, mon général, les hommages du
vieil invalide.

A M. LE MARÉCHAL MACDONALD.

Le 12 novembre 1817.

ENCORE une lettre, Monsieur le maréchal ; mais, dieu merci, pour vous et pour moi, elle sera moins longue, moins sérieuse que celle que j'eus l'honneur de vous adresser, il y a quelques jours. Il ne s'agira dans celle-ci, que d'un escamotage de notre grand-référendaire, le comte de Sémonville. Mais, puisqu'il a eu l'honneur d'être votre beau-père, je crois vous rendre ce qui vous est dû, en m'adressant à vous, Monsieur le duc, pour lui dire ce que vous en penserez.

Je sais d'une manière certaine, qu'en parlant du refus écrit de quelques pairs, de prendre de nouvelles lettres-patentes de pairie, M. de Sémonville a dit : « Les refusans se sont » trompés. Je ne leur proposais pas de prendre » de nouvelles lettres-patentes ; je ne leur de- » mandais que leurs noms et surnoms, avec » quelques dates, pour être en état de faire des

» actes d'identité, utiles ou nécessaires à leurs
» héritiers. »

Cette *utilité* se réduit, Monsieur le maréchal, à lui faire payer chèrement des bureaux *pas mal nécessaires* pour rendre ministérielle la place *très-peu utile* de grand-référendaire, sur-tout dans ce tems d'économie.

La véritable identité que nos héritiers doivent *exciper*, résulte du procès-verbal de la Chambre des pairs et des actes publics, leur donnant droit à la qualité d'héritiers.

L'identité dont parle M. de Sémonville serait une moquerie, si elle n'était pas fiscale. Je remets sous vos yeux, Monsieur le maréchal, la circulaire qu'il nous adressait. Elle vous prouvera, à-la-fois, qu'il nous offrait des lettres-patentes, et comptait bien, en obtenant de nous le protocole qu'il nous adressait, rempli des dates et des noms qu'il demandait, se trouver dans le cas de nous délivrer des lettres-patentes que nous n'aurions pas cru lui avoir demandées. C'était le moyen de prendre l'argent des gens et de se moquer d'eux ; mais c'était aussi se promettre trop de plaisirs à-la-fois, et vous croirez peut-être, Monsieur le duc, devoir lui conseiller d'y renoncer complètement, pour éviter de se compromettre beaucoup plus qu'il ne le pense.

Nous offrir et nous engager à prendre de nouvelles lettres-patentes de pairie, c'est proposer le baptême aux gens qui ont reçu l'extrême-onction. Cette proposition pouvait être faite par un enfant de chœur, et peut-être par le sacristain de la paroisse; mais assurément point par son curé.

Recevez, mon général, les hommages du vieil invalide.

DE L'IMPRIMERIE DE PILLET.